속 깊은 이성 친구

sempé
속 깊은 이성 친구

장자크 상페 글·그림 | 이세욱 옮김

ÂMES SOEURS
by
JEAN-JACQUES SEMPÉ

Copyright (C) Sempé, Éditions Denoël, 1991
Korean Translation Copyright (C) The Open Books Co., 1998, 2018

Korean edition published by arrangement with Éditions Denoël
through Sibylle Books Literary Agency, Seoul.

이 책은 실로 꿰매어 제본하는 정통적인 사철 방식으로 만들어졌습니다.
사철 방식으로 제본된 책은 오랫동안 보관해도 손상되지 않습니다.

4월의 어느 날 아침, 나는 운명과 숙명이 서로 다른 것이라는 확증을 얻었다. 운명은 아름답고 우아하고 눈매가 슬기로워 보이는 어떤 여인의 모습으로 나타났다. 부르가디에 대로와 마르셀랭 대로 모퉁이에서의 일이었다. 나는 정말로 그녀와 내가 어떤 연분을 맺을 수 있다고 느꼈다.

그러나 다음과 같은 사실을 알고 있다는 것이 나의 숙명이었다.

  a) 나에겐 약속이 있고, 그 약속 장소에 가는 것만으로도 시간이 빠듯하며, 그 약속은 내 직업상의
     성공을 좌우한다는 것.
  b) 그 여자는 나에 비해 너무 아름답고 너무 우아하고 너무 똑똑하다는 것.

철학 선생인 내 친구 필리프는 운명과 숙명의 차이에 관한 내 의견에 동조하지 않았다. 나는 그의 삶이 극도로 혼란스러운 것은 바로 그런 미묘한 차이를 구별할 줄 모르기 때문이라고 지적해 주었다. 그는 내 말을 곡해했다. 우리 사이는 기어이 틀어졌다. 언젠가는 그렇게 될 수밖에 없었던 일이 벌어지고 만 것이다.

샤를앙리는 매일같이 따분한 나날을 보내고 있었습니다. 그래서 무료함을 풀어 볼 양으로, 암컷들을 하나하나 제 것으로 만들고 그 명단을 만들기 시작했지요. 정복된 암컷들이 상당한 수에 이르자, 그는 호기로운 외침을 발하지 않을 수 없었습니다. 온 닭장에 명성이 자자한 바로 그 외침이었지요. 그런데 한 쌍의 비둘기인 마르탱 내외를 보게 되면서 그의 마음에 그늘이 생겼습니다. 그는 그들을 측은하게 생각했는데, 그들 역시 그를 측은하게 여기는 듯했지요. 그들의 행복 앞에서 그의 자만심이 무색해지고 말았습니다. 모든 게 헛되다는 생각이 들었지요. 그는 스스로를 냉철히 돌아보고 그 비둘기 내외를 소재로 이야기를 하나 짓기로 했습니다. 〈두 비둘기는 금슬이 아주 좋았습니다〉라는 구절로 이야기를 시작했지요. 새롭게 싹튼 자기의 재능에 감탄한 나머지 그 유명한 외침이 저절로 터져 나왔습니다. 그는 그 첫 구절을 다시 읽어 보았습니다. 〈두 비둘기는 금슬이 아주 좋았습니다…….〉 뭔가 대단한 것이 있는 것 같기는 한데, 그것만으로는 아직 이야기가 될 수 없다는 느낌이 들었습니다. 실망을 느낀 그는 제 것으로 만든 암컷들의 명단을 다시 작성하기 시작했습니다.

나는 혼자 떨어져서 「블루 문」이라는 노래를 흥얼거리는 것으로 만족했다. 그러면서 나는 생각했다.
이것도 다른 것 못지않게 훌륭한 전술이야. 길고 짧은 건 대봐야 아는 거야. 결국에 가서는 내 전술이
승리를 안겨다 줄 수도 있어.

내 친구 폴과 아주 유쾌한 점심 식사를 하고 막 헤어진 참이었다. 적어도 내 애정의 20%는 쏟았을 그 정다운 시간의 여운에 흠뻑 젖은 채, 나는 글라디스를 기다리고 있었다. 나는 그녀에게 70%의 애정을 기꺼이 바칠 생각이었다. 하지만 그것은 내가 쉬잔과 좋은 사이로 남아 있는 것을 그녀가 허락하는 경우에 한해서였다. 나는 쉬잔에게 내 성공의 50%를 빚고 있고, 따라서 그녀에게 50%의 애정을 바쳐야 할 의무가 있다. 쉬잔, 그녀는 어떨까? 그녀는 내가 40%의 애정을 로르에게 쏟는 것을 용납해 줄까? (로르는 로랑의 누이인데 나는 로랑에게는 25%의 애정을 쏟고 있다.) 때로는 그런 타산에 싫증이 난다. 지긋지긋하다. 더 이상 견딜 수가 없다. 감정의 저울질이 필요 없는 참으로 무던한 사람과 담백하게 살았으면 좋겠다.

그녀는 나를 더 일찍 만나지 못한 것을 아쉬워하면서 자기 표정이 슬프고 침울한 것은 나를 만나기 전에 보낸 방황의 세월 때문이라고 말하곤 했다. 그럴 때면 나는 그녀의 진중하고 그윽한 눈매를 사랑한다고 말해 주었다. 그녀는 자기 입아귀에 깊이 팬 주름을 자기가 쓴 두 권의 소설이 실패한 탓으로 돌렸다. 그 주름이 그녀에게 차가운 인상을 주는 건 사실이지만, 내가 보기엔 바로 그런 분위기가 그녀의 매력이었다. 그녀는 세상을 살아가는 데에, 그리고 남과 의사소통을 하는 데에 어려움을 느낀다고도 했다. 그녀는 스스로를 사회 환경에 적응할 수 없는 사람으로 여기고 있었다. 나는 내가 바로 그 점을 안쓰럽게 생각했으며, 그것이 여전히 나로 하여금 측은한 마음을 갖게 한다고 단언하곤 했다. 그녀는 나를 버리고 떠났다. 그 까닭을 그녀는 자기 저서에서 해명하였는데, 그녀의 주장에 따르면 남자들의 사랑이 흔히 그렇듯이 내 사랑도 오로지 그녀의 실패와 고통만을 자양으로 삼고 있었기 때문이라는 것이다.

우리는 갑자기 심각해졌습니다. 중상모략이 판치는 이 험한 세상을 살아가자면 단 한 순간도 경계를
소홀히 해서는 안 되리라는 생각이 들었습니다.

그녀는 겉멋만 잔뜩 든 멍청한 녀석과 팔짱을 끼고 있었다. 나는 그녀가 나를 보았다는 것을 알고 있으면서도, 내가 그녀를 알아보았다는 기색은 털끝만큼도 내비치지 않았다. 마침, 아주 예쁘게 생긴 여자 하나가 택시에서 내려 길 건너편의 어떤 가게로 들어가고 있었다. 나는 〈여보!〉라고 소리치며 길을 건넜다.

그날 밤 텔레비전을 보는데, 프로그램들은 그날따라 더욱 재미가 없고 기분은 그저 처량하기만 했다.

〈저 여자가 나를 경멸하듯 시도 때도 없이 수준 차이를 과시하고, 저렇게 온갖 멋이란 멋은 다 내고, 늘 따분해하는 표정까지 짓고 있지만, 그래도 속마음은 다를지 몰라. 아직 말로 표현은 안 했지만, 혹시 모든 것에서 벗어나 진실하고 소박하고 건전하게 살고 싶다는 갈망 때문에 저러는 것인지도 모르잖아?〉 하고 나는 그녀를 바래다주면서 생각했다.

그 생각이 나에게 다시 용기를 주었다.

세상에, 우리는 어쩌면 그렇게 사랑에 빠져 있었을까. 세상에, 우리는 어쩌면 그렇게 서로를 믿었을까. 세상에, 우리는 어쩌면 그렇게 멍청했을까. 사랑에 빠지면 다들 그렇게 멍청해지는 건지. 우리는 온갖 놀이를 하며 시간을 함께 보내곤 했다. 당시에 내가 가장 재미있어하던 놀이는 이런 것이다. 못생겼거나 그저 평범하게 생긴 사람이 우리 앞을 지나간다. 그러면 나는 그녀에게 이렇게 말한다. 〈저 사람 봐, 당신이 나를 만나는 바람에 놓쳐 버린 사람이야.〉 그러나 그 놀이에는 한 가지 방해 요인이 있었다. 용모가 수려한 남자들이 나타난다는 것이었다. 그런 경우에 나는 즉시 그 놀이를 중단했고, 그녀는 내 마음을 아는 듯 모르는 듯 완벽하고 섬세하고 신중한 태도를 보였다. 그러면 나는 그녀가 너무나 완벽하고 너무나 섬세하고 너무나 신중하다는 그 점 때문에 불안을 느끼곤 했다.

어느 날 밤, 그녀가 내게 말하기를 나에게는 모호한 구석과 수수께끼 같은 부분이 있어서 그것이 사람들의 호기심을 자극하고 남의 마음을 사로잡는다는 것이었다. 아닌 게 아니라 나는 다른 사람들의 눈길에서 그녀가 말한 바를 확인할 수 있을 듯했다. 그런 점을 악용하거나 뭔가를 얻기 위한 방편으로 삼아서는 안 될 일이지만, 그것을 참작할 필요는 있겠다 싶었다. 그렇게 되면 많은 것이 달라지리라고 나는 생각했다.

우리 사이에 있을 수 있는 일은 더 이상 아무것도 없었다. 그런 상황에서 떠나는 것은 영원한 이별을
의미했다. 그래서 나는 떠나기에 앞서 그녀에게 이렇게 말했다. 〈엘리자베트, 그 시절을 생각해 봐요.
그 시절에 우리는 늠름하고도 열광적인, 굉장한 말 한 마리가 우리 곁에 있다고 상상하기를 좋아했소.
그 말은 언제든지 우리를 멀리, 아주 멀리 데려다줄 채비를 하고 있었소. 그런데 이제 그 말을 어떻게
하지?〉

나는 재빨리 수를 헤아렸다. 넷 더하기 셋은 일곱, 홀수. 다시 반지빠른 타산이 나의 뇌리를 스쳤다. 우리
가운데 하나는 별수 없이 외톨이가 될 것이다. 우리는 저마다 똑같은 생각을 하고 있음이 분명하다.
그러니 신중하게 처신하고 한순간도 경계를 소홀히 하지 말아야 한다.

〈자네는 남들한테서 무슨 말을 듣거나 무엇을 보게 되면 그것을 너무 고지식하게 받아들이는 게
탈이야. 그런 단계를 넘어서야 해. 요모조모 더 따져 볼 줄 알아야지. 노력해 보라고.〉 내 친구 조르주가
말했다. 나는 노력해 보았다. 그 결과 그 자리에서 깨달은 사실이 하나 있었다. 내가 20년 동안 친구
라고 사귀어 온 자가 알고 보니 지독한 바보였다는 것이다.

그때 일을 생각하면 지금도 나는 언어의 신뢰성이라는 문제에 대해 갈피를 잡을 수 없게 된다. 낸시를 만났을 때, 나는 그녀에게 홀딱 반해서 이런 말을 되뇌곤 했다. 〈이런 사람이 세상에 존재하리라고는 꿈에도 생각지 못했어.〉 그녀가 가혹하다 할 만큼 홀연히 나를 버리고 떠났을 때, 나는 〈이런 사람이 세상에 존재하리라고는 꿈에도 생각지 못했어〉라고 되뇌다가, 예전에도 내가 똑같은 말을 했다는 사실에 깜짝 놀라고 말았다.

우리의 행복은 우주처럼 한이 없었다. 우리는 그 행복을 이야기하고 싶었고, 큰 소리로 알리고 싶었다. 그런데 누구에게 알리지? 우리 친구들 가운데 그 행복의 깊이를 헤아릴 줄 알고 그것의 찬양에 공감할 수 있는 사람이 있을까? 그렇게 생각한 우리는 그 행복을 어떤 식으로든 구체적으로 형상화해 보기로 했다. 나는 우리의 행복을 주제로 몇 쪽에 달하는 글을 썼다. 그녀는 그 글을 이해하지 못했다. 반면에, 로르는 한 폭의 그림을 그렸다. 그 그림은 나를 완전히 어리둥절하게 만들었다. 그 일이 있고 나서 우리는 크나큰 의혹을 품은 채 서로를 바라보고 있다.

주느비에브가 나에게 말했다. 〈폴과 리디아를 두고 사람들이 수군거려요. 나는 그 소문이 터무니없다는 것을 거의 확신하고 있어요. 하지만 질베르, 당신에게 한 가지 말할 게 있어요. 당신은 둘 중 하나를 선택해야 해요. 폴과 리디아에 관한 그 소문은, 방금 말했듯이 내가 보기엔 근거가 없는 것이지만, 그것을 사실로 인정하든지, 아니면 리디아와 헤어져요.〉

우리는 그와 그의 아내 사이에 틈이 생겼음을 이미 눈치채고 있었다. 어느 날, 그는 우리에게 이렇게 말했다. 〈굉장해! 나는 요즈음 어떤 미녀와 씨름하고 있어.〉

그로부터 얼마 후에, 우리는 그가 꽤나 아름다운 어떤 여자와 함께 있는 모습을 먼발치에서 보게 되었다. 그 주 토요일에 우리는 그를 만났다. 우리는 그 무렵 부부들끼리 모여 주말을 보내곤 하던 터였다. 그는 더 이상 어찌해야 좋을지 몰라 갈팡질팡하는 사람처럼 보였다. 우리는 염려 섞인 말로 그를 다독거려 주었다. 그는 아이들과 우리의 아내들과 잔디 깎는 기계를 멍하니 바라보다가 전에 했던 말을 다시 했다. 〈굉장해! 정말 굉장하다고…… 나 요즘 어떤 미녀와 씨름하고 있어.〉 그는 먼산바라기처럼 여전히 멍한 눈길로 아이들과 여자들과 잔디 깎는 기계를 죽 둘러보고는 이렇게 덧붙였다. 〈물론, 자네들은 이해할 수 없을 거야.〉

그는 우리와 다른 세계에 사는 사람처럼 보였다. 그가 우리에게서 멀어진 것이든 아니면 우리가 그에게서 멀어진 것이든 따지는 건 부질없는 일이었다.

그녀는 내게 이렇게 말한 적이 있었다. 〈자기가 알아야 할 게 하나 있어. 당연한 얘기지만 나는 자기를 만나기 전에 하나의 삶을 살았어. 그것을 하나의 삶이라고 부를 수 있을지는 모르지만 말이야. 하지만 심각한 일은 아무것도 없었어. 이젠 모든 게 그림자로 여겨질 뿐이야. 어쨌든 당신만 한 남자는 단 한 사람도 없었어.〉

클레르와 나는 친구 사이입니다. 우리는 정말로 친합니다. 그런데 어느 날 나는 그 애가 니콜과 놀기를 좋아한다는 사실을 깨달았어요. 그래서 나는 마리크리스틴을 찾아가서 우리 둘이 아주 재미있는 놀이를 하자고 말했지요. 그 놀이란 우리가 정말로 친한 척함으로써 클레르와 니콜의 화를 돋우자는 것이었어요. 우리는 내가 제안한 놀이를 했습니다. 날이 저물 무렵 나는 무척 기분이 좋았습니다. 아주 재미있게 놀았기 때문이지요.

그다음 날 클레르가 와서 나에게 말했습니다. 자기는 니콜보다 나를 더 좋아한다는 얘기였어요. 자기는 니콜과는 별로 친하지 않으며 그냥 친한 척을 했을 뿐이라더군요. 나는 무척 기분이 좋았습니다. 우리는 오전 내내 함께 놀았지요. 그런데 이상했습니다. 마리크리스틴과 친한 척하며 놀 때보다 한결 재미가 덜했어요. 그래서 나는 친한 척하려고 애를 썼습니다. 하지만 그게 뜻대로 되는 일이 아니더 군요.

결국 우리는 정말로 친한 사이로 남되, 그 애는 니콜과, 나는 마리크리스틴과 노는 척하기로 결정했습니다. 이제 클레르와 니콜은 언제나 붙어 다닙니다. 그렇다고 그 애들이 정말로 친한 사이가 된 건 아니에요. 그냥 친한 척을 하고 있을 뿐이랍니다. 그래도 그 애들이 무척 재미있게 놀고 있다는 느낌이 드는 건 어쩔 수가 없네요.

돈도 많고 말도 많은 브루세 부부의 초대를 받고 그들 집에 가기로 되어 있었는데 내 쪽에서 먼저 그 약속을 취소했다. 그녀와 만나는 일이 더 중요했기 때문이다. 그토록 아름답고 우아한 그녀가 다가오는 걸 보면서, 나는 선약을 취소한 건 아주 잘한 일이라고 생각했다. 그리고 내 수첩에 적어 놓은 우스갯소리 모음을 미리 한 번 읽어 둔 것에 대해 스스로를 칭찬하고 싶은 기분이 들었다. 내 재킷의 왼쪽 안주머니에 그 수첩이 들어 있다고 생각하니 마음이 든든했다.

푹신푹신한 안락의자, 내가 피우는 네덜란드산 파이프 담배 냄새, 근시안인 내 눈이 발산하는 특유의
부드러움, 나의 비만, 심지어는 이제 막 벗겨지기 시작하던 내 머리까지도 사람의 마음을 가라앉히는
어떤 편안한 느낌을 주고 있음을 나는 알고 있었다. 이렌은 그런 편안한 느낌에 고무되어 내가 이끄는
대로 속내 이야기를 순순히 털어놓더니 나중에는 자기가 저지른 일들을 자백하기에 이르렀다. 대화의
분위기는, 오래전부터, 아주아주 오래전부터, 어쩌면 너무 오래전부터 약한 불 위에 올려놓은 어떤
음식이 설핏한 저녁 햇살 속에서 천천히 익어 가고 있는 시골 부엌의 분위기만큼이나 아늑했다.

도서관 창문 너머로 나는 그녀를 보았다. 그녀가 안에 있었다. 그녀가 어디에 앉아 있는지를 알고 있었기에 나는 내가 들어가야 할 문을 정확하게 선택할 수 있었다. 나는 그 문을 통해 느긋하게 안으로 들어갔다. 그러나 마음속은 적잖이 켕겼다.

〈나중에야 오쟁이를 지는 한이 있더라도, 지금은 체통을 지키는 것이 중요해〉라고 나는 생각했다.

엘렌! 그녀와 나는 기숙 학교 시절에 늘 붙어 다니던 단짝이었다. 취향이며 신념이며 어쩌면 그렇게도 똑같은 게 많았던지. 우리는 장차 〈선택받은 사람〉이 될 우리의 신랑감이 지녀야 할 특성들을 열거하면서 숱한 밤을 보내곤 했다. 우리는 그 점에 관해서 어떤 경우에도 흔들리지 않을 확신을 갖고 있었다.

지난 3월에 나는 푸아티에에서 온 편지 한 통을 받았다. 엘렌이 보낸 편지였다. 〈그동안 어떻게 지냈니? 내 남편 에리크를 너에게 소개해야겠어.〉 나는 곧바로 답장을 보냈다. 〈네가 이리로 오렴. 남편하고 같이 오면 좋겠구나. 나도 너에게 필리프를 소개하고 싶어.〉

그들 부부가 왔다. 그들의 인상으로 말하자면, 그녀는 예전 모습 그대로였고, 그녀의 남편은 정말이지 너무나 평범한 사람이었다. 나는 엘렌 역시 내 남편 필리프에 대해 똑같이 생각하고 있음을 알아차렸다.

우리의 남편들은 서로 마음이 썩 잘 맞는 눈치였다. 엘렌과 나 사이에는 어떤 거북스러운 느낌 같은 것이 둥지를 틀었다. 그들 부부를 역까지 바래다주고 돌아오는 길에 필리프가 나에게 말했다. 〈당신 친구 엘렌 말이야, 내가 보기엔 너무 평범해. 남편은 아주 괜찮던데. 뜻밖이야.〉

〈그래요, 뜻밖이에요, 내 말이 그 말이에요〉라는 대답이 나도 모르게 불쑥 튀어나왔다.

샤를에두아르는 내 이야기를 끝까지 차분하게 들어 주었다. 그런 다음 그는 파이프 담배를 한 대 피우려고 파이프 대통에 살담배를 꼼꼼하게 다져 넣었다. 그런데 〈내게 이런 친구가 있다는 건 다행스러운 일이야〉라는 생각이 막 들려는 찰나, 그는 내게 이렇게 말했다. 〈자네는 그녀가 정조 관념이 없는 여자라고 주장하지만, 그녀가 다른 남자와 떠났다는 사실만 가지고 그렇게 말할 수는 없어.〉

그녀에게서 전화를 받고 나면, 나는 밖으로 달려 나가 내 사람을 찬미하고 내 사랑의 이름을 큰 소리로
외치고 싶은 욕구에 사로잡히곤 한다. 오페라에 나오는 유명한 아리아라도 몇 곡 목이 터져라 불러
보고 싶다. 하지만 천성이 소심한 데다 목소리도 변변찮은 나로서는 그저 휘파람을 부는 것으로 만족할
수밖에 없다. 내가 밖으로 나서면 내 개가 따라 나오고, 우리는 시골로 나간다. 내 개가 불한당처럼
이곳저곳 뒤지고 다니는 서슬에 집토끼, 산토끼, 자고새들이 달아난다. 얼마 안 있으면 금렵이 풀리고
사냥철이 시작될 것이다. 우리는 유쾌한 시간을 보내고 흡족한 마음으로 돌아온다. 그런데 어렴풋한
불안이 문득 고개를 쳐든다. 전화 한 통 받고도 이렇게 난리를 치는데, 나중엔 그녀 때문에 내 삶이
완전히 엉망이 되어 버리는 건 아닐까?

내가 그녀에게는 이제 신비로운 구석이 별로 없다고 말한 이후로, 그녀의 태도에는 아무런 변화가 없었지만(어쩌면 그녀의 태도에 아무런 변화가 없다는 점 때문에), 나는 이따금 사람을 시켜 그녀의 뒤를 밟게 하고 싶은 으스스한 유혹을 느끼곤 한다.

우리는 서로에게 감탄하고 서로를 존경하는 사이였다. 그러다 보니 우리의 우정은 더욱 높은 곳으로 나아가기 위한 끊임없는 선의의 경쟁이 되었다. 그가 어떤 선행을 하면, 나는 기어이 그보다 더 착한 일을 한 다음 그에게 그 이야기를 들려주어야 직성이 풀렸다. 그 사람 역시 오기가 대단했다. 내 이야기를 들은 지 며칠도 안 돼서, 그는 내가 행한 것보다 훨씬 더 착한 일을 하고 그 일에 대해 이야기하곤 했다. 어느 날 나는 더 이상 그를 따라갈 수 없다는 느낌을 갖게 되었다. 그다음 날, 나는 홧김에 우리의 약속 장소에 조금 늦게 나갔고, 또 그다음 날에는 두 시간 넘게 지각을 했다. 그다음 주에는 그를 바람맞혀 종일토록 기다리게 만들고도 나 몰라라 하였다. 그다음 달에 그는 나에게 알리지 않고 여행을 떠났다. 그에 질세라 나는 일언반구도 없이 이사를 가버렸다. 나중에 그 사실을 알고 그가 어떤 표정을 지을까 생각하니 기분이 별로 나쁘지 않았다.

나는 바르바라에게 우리의 사랑이 원만하게 결실을 거두기 위해 저지르지 말아야 할 실수들을 정기적으로 일러 주곤 했다. 그때마다 나는 아주 조심스러운 태도로 적절한 사례를 언급해 가면서, 요모조모 면밀히 분석한 자세한 설명으로 그녀의 이해를 도왔다. 어느 날 저녁, 나는 어쩌면 나야말로 어떤 실수를 저지르고 있는 게 아닐까 하는 생각을 갖게 되었다. 그때의 내 생각이 옳았다는 것은 그 이후의 시간이 증명해 주었다.

마리프랑수아즈는 이따금 자기가 내게 너무 무거운 짐을 지웠다고 자책하면서 그 중압감을 견딜 수 없어 하곤 했다. 그녀가 내게 너무 많이 떠넘겼다는 그 짐의 무게를 나는 별로 의식하고 있지 않았는데도 말이다.

양심의 가책 때문에 그녀가 너무 괴로워할 때면, 나는 그녀를 어떤 레스토랑으로 데려가곤 했는데, 그때의 음식값은 나의 경제적인 능력에 비해 너무 비싼 경우가 흔했다. 그것이 또 자책감을 부추겨서 그녀의 괴로움을 배가시키기 일쑤였다.

〈당신은 정말 단점이라고는 찾아볼 수 없는 사람이에요.〉 첫째 주 동안 실비아는 그렇게 감탄하곤 했다. 〈이런 얘기 해도 돼요? 저, 내 친구 로라 말이에요, 난 그녀를 이해할 수 없어요. 그녀가 어째서 당신 같은 남자를 버리고 떠났는지 도무지 모르겠어요.〉 둘째 주 동안 그녀는 내게 그렇게 되뇌곤 했다. 그러더니 셋째 주에 들어선 어느 날, 그녀는 이렇게 말했다. 〈그녀가 당신 같은 사람을 버리고 떠난 걸 보면, 대단히 특별한 어떤 사람을 만난 게 틀림없어요!〉 그 뒤로 여행이 끝날 때까지 그녀는 딱히 까닭을 꼬십어 말할 수 없는 우울한 기분에 젖어 지냈다.

나는 집 안에 틀어박혀 지냈다. 실연의 아픔은 홀로 견뎌야 한다. 실연의 아픔이란 참으로 묘한 것이다. 그것은 얼굴의 특성까지도 바꾸어 놓는다. 내 얼굴은 수척해졌다. 그러자 내 표정이 진중해 보였고 심오한 분위기마저 풍겼다. 그 달라진 인상에 나 자신이 놀라곤 했다. 그건 그다지 놀랄 일이 아니었는지도 모른다. 그녀가 내게 이런 말을 한 적이 있었다. 〈자기는 슬픔에 젖어 있을 때면, 얼굴이 수척해지고 눈길이 내면으로 쏠려 있는 것처럼 보여. 그 눈길은 불가항력으로 사람의 마음을 빨아들여.〉 불가항력으로 사람의 마음을 빨아들인다는 말이렷다…….
그런 얘기는 비단 그녀만 한 것이 아니었다. 로랑스도 내게 그런 얘기를 한 적이 있었다.
실연의 아픔은 홀로 견뎌야 한다. 하지만 집 안에 틀어박힐 필요는 없다. 오히려 사람들 속에 있을 때 자기가 혼자라는 느낌을 더욱 뼈저리게 실감할 수도 있으니까 말이다.

폴과 나눈 대화는 내 생각을 더욱 확고하게 만들어 주었다. 사실, 나는 파트리시아와 마리오딜에 대해 더 이상 죄책감을 느끼지 않고 그녀들이 두고 간 것들을 경매에 부치겠다고 생각하던 터였다.

그녀는 얼마 전부터 나를 만나고 싶어 하지 않았다. 그건 그녀에게 다른 남자가 생겼기 때문이었다. 그녀는 자기가 버릇없는 응석받이일 뿐이라면서 자기가 어른스러워지려면 남자 때문에 아픔을 겪어 보아야 할 것 같다고 말했다.

나는 떠나기로 결심하고, 내가 그녀에게 가져온 커다란 장미꽃 다발을 냉정하게 창밖으로 던졌다. 장미 가시들이 내 왼손에 상처를 냈다. 나는 속이 거북했다. 그녀가 갖다 준 브랜디 때문에 심하게 욕지기가 났다. 〈지금 나는 이 여자를 잃고 있는 것일까?〉 하는 생각이 뇌리를 스쳤다.

안소피의 언행은 예측이 불가능했다. 단 하나 내가 그녀에게서 예상할 수 있는 일이 있었다면, 그것은 그녀가 나를 데리고 나가 함께 밤을 보내고 나면 새벽마다 자기의 가장 소중한 소망을 밝히곤 한다는 것이었다. 그녀가 밝힌 가장 소중한 소망은 동네 아이들을 위해 잼을 만들면서 시간을 보내는 할머니가 되고 싶다는 것이었다.

응답 메시지를 더욱 상냥하고, 더욱 쾌활하고, 심지어는 웃음이 나올 만큼 재미있게 고쳐서 내 자동
응답기에 새로이 녹음해 두었건만, 그녀에게서는 더 이상 아무런 소식이 없었다.

너는 기분이 좋으면 멍멍 하고 짖지. 화가 났을 때는 조금 다른 방식으로 짖고. 너는 감정의 미묘한 차이를 나타내는 데 많은 한계가 있어. 네가 표현할 수 있는 뉘앙스는 별로 많지 않아. 하지만 나는 너와 달라. 기분이 좋을 때, 나는 그 좋은 기분의 미묘한 차이를 여러 가지로 표현할 수 있어. 싱긋 거리거나 껄껄거릴 수도 있고, 때에 따라서는 엉엉 울 수도 있어. 화가 났을 때도 마찬가지야. 나는 허허 웃는 것까지 포함해서 아주 다양한 방식으로 내 감정을 드러낼 수 있어. 그건 아주 복잡하고 대단히 혼란스러워. 예를 들면 이런 거야. 너는 착한 개야. 그리고 내가 개를 좋아한다는 건 두말할 필요도 없지. 그런데도, 나는 이따금 네가 고양이였으면 좋겠다는 생각을 할 때가 있어.

내 오랜 친구 폴은 심각한 표정을 짓고 몇 차례 고개까지 주억거리며 내 이야기를 아주 주의 깊게 들어주었다. 그리고 나서 고작 한다는 말이, 자기는 남의 실패에 너무 민감해지지 않으려고 오래전부터 스스로를 이 세상에서 가장 불행한 사람으로 여기는 버릇을 들여 왔다는 것이었다.

속 깊은 이성 친구

옮긴이 이세욱은 1962년에 태어나 서울대학교 불어교육과를 졸업하였으며, 현재 전문 번역가로 활동하고 있다. 옮긴 책으로 베르나르 베르베르의 『제3인류』(공역), 『웃음』, 『신』(공역), 『인간』, 『나무』, 『상대적이며 절대적인 지식의 백과사전』, 『베르나르 베르베르의 상상력 사전』(공역), 『뇌』, 『개미』, 『타나토노트』, 『아버지들의 아버지』, 『천사들의 제국』, 『여행의 책』, 움베르토 에코의 『프라하의 묘지』, 『로아나 여왕의 신비한 불꽃』, 『세상의 바보들에게 웃으면서 화내는 방법』, 장클로드 카리에르의 『바야돌리드 논쟁』, 미셸 우엘벡의 『소립자』, 미셸 투르니에의 『황금 구슬』, 브램 스토커의 『드라큘라』, 파트리크 모디아노의 『우리 아빠는 엉뚱해』, 에리크 오르세나의 『오래오래』, 『두 해 여름』, 카를린 봉그랑의 『밑줄 긋는 남자』, 마르셀 에메의 『벽으로 드나드는 남자』, 장크리스토프 그랑제의 『늑대의 제국』, 『검은 선』, 『미세레레』, 드니 게즈의 『머리털자리』 등이 있다.

글·그림 장자크 상페 옮긴이 이세욱 발행인 홍예빈·홍유진 발행처 주식회사 열린책들 주소 경기도 파주시 문발로 253 파주출판도시 전화 031-955-4000 팩스 031-955-4004 홈페이지 www.openbooks.co.kr Copyright (C) 주식회사 열린책들, 1998, 2018, *Printed in Korea.* ISBN 978-89-329-1891-4 03860 발행일 1998년 7월 20일 초판 1쇄 1998년 9월 15일 초판 3쇄 1998년 9월 20일 2판 1쇄 2009년 12월 25일 2판 29쇄 2009년 11월 20일 3판 1쇄 2018년 5월 15일 신판 1쇄 2022년 9월 15일 신판 4쇄

이 도서의 국립중앙도서관 출판예정도서목록(CIP)은 서지정보유통지원시스템 홈페이지(http://seoji.nl.go.kr)와 국가자료공동목록시스템(http://www.nl.go.kr/kolisnet)에서 이용하실 수 있습니다.(CIP제어번호:CIP2018009469)